Dr. Bittcher

Ueber das Werk des P. Abaelard, "Ethica seu scito te ipsum"

Antigonos

Dr. Bittcher

Ueber das Werk des P. Abaelard, "Ethica seu scito te ipsum"

Unveränderter Nachdruck der Originalausgabe von 1843.

1. Auflage 2024 | ISBN: 978-3-38653-212-9

Antigonos Verlag ist ein Imprint der Outlook Verlagsgesellschaft mbH.

Verlag: Outlook Verlag GmbH, Zeilweg 44, 60439 Frankfurt, Deutschland, info@outlook-verlag.de
Vertretungsberechtigt: E. Roepke, Zeilweg 44, 60439 Frankfurt, Deutschland
Druck: Libri Plureos GmbH, Friedensallee 273, 22763 Hamburg, Deutschland

Ueber das Werk des P. Abaelard:

„ETHICA SEU SCITO TE IPSUM."

Eine theologische Studie

vom

Prediger Dr. Böttcher,
ord. Lehrer an der Landesschule Pforta.

1843.

Naumburg,
gedruckt bei Karl Aug. Klaffenbach.

Seinem vielgeliebten Freunde

GOTTLIEB BURSCH,

Domprediger in Königsberg in Pr.,

in treuer Liebe

gewidmet

vom

Verf.

Ueber das Werk des P. Abaelard:
„Ethica seu scito te ipsum."
Vom Prediger Dr. Bittcher.

Anmerkung. Die Citate beziehen sich auf Pezii Anecd. T. III. P. II

Es ist bekannt, dass zu den Zeiten der Scholastiker und selbst noch einige Jahrhunderte später eine eigentliche christliche Moral oder richtiger eine theolog. Disciplin der Moral innerhalb der theolog. Wissenschaften keine Stelle hatte. Die Wissenschaft, welche wir heute so nennen, wurde in der Regel in den systematischen Bearbeitungen der christl. Lehre, welche durchweg ein dogmatisches Gepräge trugen, wenn überhaupt, so doch nur beiläufig in dem Artikel von der Sünde abgehandelt, bis Calixt dann derselben zugleich mit einem eigenthümlichen Princip einen berechtigten Platz innerhalb der Theologie anwies. Diese bedeutende Umwälzung in der Anordnung der theol. Wissenschaften datiren einige Theologen in den Handbüchern der Moral (so Schwarz) wenigstens ihrem Anfange nach schon von Abaelard und dem unsrer Beurtheilung vorliegenden Werke an. Sie finden dann den abgerissenen Faden ihrer Fortentwickelung etwa in Lambert Danaeus und andern wieder, und meinen wol Wunder was gethan zu haben, wenn sie aus dem Reformationswerk und seinen eigenthümlich dogmatischen Tendenzen heraus den Grund jener Unterbrechung herzuleiten versuchen. Diesen könnte man schon von vorn herein das Bedenken entgegen halten, dass wol ein solcher Gedanke, einmal gefasst, unmöglich so lange unbenutzt und unausgebildet hätte daliegen können. Dann aber beruht überhaupt jene Ansicht von Abaelards Werk zum Theil auf einer falschen Beurtheilung dieses selbst, zum Theil auch wol auf einer Verkennung des Wesens der Moral als theolog. Disciplin in ihrem Unterschied einmal von einer christlich philosoph. Bearbeitung der Moral überhaupt *) und sodann von einer dogmat. Entwicklung einzelner Begriffe aus derselben. Die Ethik des Abaelard ist nun so weit entfernt, eines von jenem beiden zu sein, dass sie vielmehr nur als eine Monographie des ganzen Locus von der Sünde aus der Dogmatik betrachtet werden kann.

Hierauf führen ausser dem gänzlichen Mangel einer systematischen Entwicklung der einzelnen Tugenden und Pflichten aus dem Princip des Guten heraus, also einer eigentlichen angewandten Moral, die rein dogmat. Bestandtheile des Buches, die loci von der poenitentia etc., welche beinahe die Hälfte des ganzen Werkes ausmachen. Am deutlichsten wird dies aus einer kurzen Beschreibung der Lehre des Abaelard hervorgehn, die ich unten zu geben gedenke, und auf die ich zur Begründung des obigen Urtheils verweise. Zudem liegt die Bedeutsamkeit seines Werkes nicht sowol in seinem Verhältniss zur Wissenschaft als solcher, vielmehr in der Anregung einer tiefen Erkenntniss vom Wesen der Sünde und damit auch eines Missbrauchs derselben d. i. einiger praktischen Irrthümer, die als Lehre der Jesuiten später so verderblich geworden sind. — Bei der Entwicklung des Gedankeninhaltes unsres Werkes darf man nun weder synthetisch verfahren, so dass man an ein bereits fertiges System als an einen Maassstab Abaelards Ideen legte, wobei diese natürlich weder in ihrer Berechtigung anerkannt, noch auch ganz verstanden werden könnten, weil fremdartige Elemente sich von selbst hier einmischen würden, ja auch leicht der Vorwurf erhoben werden könnte, dass man aus einer bestimmten Schule und

---

*) Auf den Unterschied oder vielmehr die Nothwendigkeit einer Unterscheidung beider Disciplinen hat treffend Lücke aufmerksam gemacht in einem Pfingstprogamm der Göttinger Univ. 1839, das in seinem Grundgedanken wahr und zeitgemäss, in der historischen Kritik grossentheils ungerecht, in dem positiven Abschluss der Streitfrage dürftig und ungenügend ist.

Ansicht heraus, also befangen urtheile; noch auch wird man blos analytisch und referirend den Inhalt des Buches compendiarisch angeben können, weil sonst die ganze Darstellung den nothwendigen Halt verlieren und Einzelnes nur zufällig verbunden, anderes Zusammengehöriges dagegen ohne Grund getrennt erscheinen würde; — noch weniger scheint die rein spekulative Methode bei einer einzelnen histor. Erscheinung anwendbar, vielmehr hat diese ihre Stelle erst da, wo eine Reihe histor. Erscheinungen unter einen gemeinschaftlichen Gesichtspunkt gebracht und die einzelnen als eben so viele Momente der Idee aufgefasst werden. — Daher werden wir im Ganzen dem Gange, welchen Abaelard selbst vorgezeichnet hat, folgend und unser Urtheil mit seinen eigenen Aussprüchen begründend, das Zusammengehörige verbinden und zum Theil ihn nach seinem eigenen System, zum Theil nach seinem Verhältniss zu seiner Kirche beurtheilen.

Abaelard beginnt sein Werk mit einer Definition des Begriffs *Mores*. Man würde irren, wollte man darum in unserm Buche eine Entwicklung der sittlichen Idee finden: denn jene mores sind ihm weder besondre Tugenden, noch auch Sitten in dem Sinne von freien, selbstbewussten Handlungsweisen in bestimmten Verhältnissen, mithin weder etwas, das in die Lehre von der Moralität, noch der freien Sittlichkeit gehört, überhaupt kein Begriff, der es irgend wie mit der Freiheit zu thun hat; vielmehr ein psychologisch-dogmatischer Begriff. Er versteht darunter gewisse natürliche Dispositionen des Geistes, die uns zu bösen oder guten Werken treiben (animi vitia vel virtutes, quae nos ad mala vel bona opera pronos efficiunt). Er will sie mit diesem Zusatze durchaus unterscheiden von etwanigen Gebrechen und Vorzügen des Leibes oder von solchen geistigen Zuständen, die gegen das sittliche Verhalten des Menschen indifferent sind (Geistesstumpfheit — Gedächtniss u. s. w.). Sie liegen durchaus auf der Seite des pract. Geistes; und weil ihm die besondre Richtung des Geistes auf das Gute hin für den Begriff, der den Mittelpunkt seines Buches ausmacht, den des peccatum, fern liegt, so geht er sogleich von den moribus einseitig auf die vitia*) über, welche ihm hiernach sind: Gewisse Dispositionen des menschlichen Geistes zu irgend einer Sünde. (Iracundum esse h. e. facilem esse ad irae perturbationem est vitium). Das Beispiel jedoch von der luxuria führt darauf, dass nicht bloss angeborene Eigenschaften des Geistes, sondern auch des Körpers damit gemeint sein müssen; und hier wäre also ein Widerspruch mit der vorangehenden Erklärung (natura ipsa *vel complexio corporis* nos pronos facit e. q. sqq.). Hiernach wäre vitium also eine gewisse natürliche Disposition des Menschen u. s. w. zur Sünde. — Der Grund dieser Verwechselung beruht wol auf einer Vermischung der Begriffe peccatum und vitium, die er später sorgfältig scheidet, und von denen er jenes allein dem Geiste imputirt. Oder man müsste etwa diesen Widerspruch dahin zu lösen suchen, dass Abaelard bei vitium an die angeborne Schwäche des menschlichen Geistes überhaupt dächte, die nicht leicht dem Reize der einzelnen vitia — d. i. jener natürlichen Dispositionen, welche denn doch immer leiblich und geistig sein könnten, — zu widerstehen vermöchte. Jedenfalls ist der Ausdruck ungenau.

Jener Begriff des vitium war nun nach zwei Seiten hin genauer zu begrenzen, weil er nach Abaelard's Ansicht sowol vorwärts, als rückwärts zu Irrthümern führte. Vitium als natürliche Disposition u. s. w. muss zunächst unterschieden werden von der geistigen That des Menschen, durch die er jenes vitium, das bis dahin latitirte, in's Leben treten lässt, d. i. von der Sünde, welche wieder eine Reihe Entwicklungsphasen hat; sodann musste von ihm alles Accidentelle ausgeschlossen werden, was etwa auf eine freie Thätigkeit des Menschen zurückschliessen lassen könnte,

---

*) In einer eigentlichen Moral wären etwa die Begriffe des Gesetzes, der Pflicht, des Guten zu entwickeln gewesen. Eine dogmat. Exposition erforderte den umgekehrten Gang, weil sie die Lehre vom status integritatis u. s. w. voraussetzen konnte.

also der Begriff der Schuld und der Strafe im eigentlichen Sinn: denn vitium ist weder Sünde, noch Erbsünde im eigentl. Sinn. Die Schlussfolge ist diese:

Vitium est, quo ad peccandum proni efficimur i. e. ad consentiendum ei, *quod non convenit* (Handlung und Zulassung). Im Gegensatz zu dieser blossen Anlage, Hinneigung zur Sünde ist diese jener *consensus ipse* (vel praecedens vel consequens actionem 638 A) h. e. culpa animae, qua damnationem meretur vel apud deum rea statuitur. Der Begriff der Sünde wird darauf formell bestimmt als Verachtung und Beleidigung Gottes; die materielle Bestimmung — quod non convenit (τὸ μὴ προσῆχον) — ist nicht zureichend. Auf ihren Begriff und ihre Entstehung wird weiter nicht reflectirt; sie wird wol als daseiende vorausgesetzt, aber nur nach ihrer subjectiven Grenze, nicht nach ihrem objectiven Gehalt bestimmt. — Weiter wird die Sünde definirt als „Gottes wegen nicht thun, oder nicht unterlassen, was wir glauben seinetwegen thun etc. zu müssen."*) Die Sünde sei sonach etwas, das keine Substanz habe, sie bestehe in *non esse*. — Wenn Abaelard hier durch die grammat. Form seiner Definition verführt auch eine logische Negation im Begriff der Sünde findet, und diese darum für eine blosse Negation hält, so folgt er hier nur der Autorität einiger Zeitgenossen, die jenen Satz bei Weitem scharfsinniger ausgeführt haben. (cf. Bossuet Th. 5 edit. Cramer). Glücklicher Weise verlässt Abaelard diese Gedankenreihe, um den obigen Begriff des peccatum als consensus zunächst gegen die zu vertheidigen, welche schon die *voluntas mali operis* ein peccatum nennen. — Die mehrseitige Vertheidigung scheint jedoch, wenn man voluntas in dem gewöhnlichen Sinne nimmt, durchaus unpassend. Sie ist es nicht in der Denkweise des Abaelard. — Er braucht nämlich, wie das deutlich aus dem Folgenden hervorgeht, voluntas zunächst nicht in dem moralischen Sinne, vom freien Willen, nicht einmal in dem blos psychologischen, wo es die That des praktischen Geistes, das Entäussern seiner Innerlichkeit bezeichnet; vielmehr erkennt auch er den Willen der bösen That insofern schon als Sünde an, als er im Begriff ist, zu jener überzugehen; aber ihm ist *voluntas* zunächst weiter nichts, als jenes vitium, und unterscheidet sich somit nicht von der Begierde; ja er braucht später in einem Beispiele vom Schlemmer geradezu dafür das Wort *concupiscentia* und desiderium (cf. 634 A. 633 D. ubi autem desiderium ibi procul dubio voluntas consistit). Diese concupiscentia ist ihm jedoch nur das physische oder psychische Begehren, kein peccatum, darum verschieden von jenem concupiscere, von dem Christus redet: „Wenn Jemand ein Weib ansieht etc." Dieses erklärt Abaelard durch concupiscentiae assentire (cf. 633 C. non concupiscere, sed concupiscentiae assentire est peccatum). Weil nun diese voluntas nichts mit der Sünde zu thun hat, so kann man auch sündigen (d. h. im moralischen Sinn mit Zurechnungsfähigkeit), ohne es zu wollen. Sein Beispiel vom Knecht, der den ihn verfolgenden Herren tödtet, um sein Leben zu retten, ist hier schlagend gegen ihn selbst. Der Knecht tödtet seinen Herren mit Unrecht (Sünde), denn — er hat den consensus gegeben, nicht mit voluntas, denn — er will nicht eigentlich den Herren tödten, sondern nur sein Leben retten. Die Argumentation hält nur Stich, sofern wir, wie Abaelard, zwischen Zweck (Lebenserhaltung) und Mittel (Mord) scheiden, während doch ein jedes Mittel selbst wieder als Zweck betrachtet werden muss, d. h. die Reflexionsbestimmungen im logisch spekulativen Denken wegfallen. — Ebenso nun, wie Abaelard hier durch das Auseinanderreissen der Begriffe zu weit geführt wird, irrt er im Folgenden — gegen den Begriff des

---

*) Indem hier Abaelard den Begriff des „Glauben" (putare) einschiebt, macht er die Sünde zu etwas ganz Subjectivem. Dies der erste Grund zur jesuitischen Moral. Sie ist ihm nicht — id quod a norma iustitiae in deo dissidet, sondern nach dem catholischen Grundsatz heisst es: nihil habet rationem peccati, nisi fiat a volente et sciente. (Andrad.) Es gehört nur noch ein logischer Fehler, die Auseinanderreissung von Zweck und Mittel, dazu, um den Jesuitism vollständig zu machen.

peccatum als voluntarium polemisirend — durch Zusammenwerfung ganz disparater Begriffe. — Die Sünde — sagt er — kann nicht blos non voluntaria sein, sondern sie ist es auch immer: denn die Sünde ist *contemtus* dei sive consensus in eo, quod credimus propter deum esse faciendum etc., *contemnere* deum aber und *puniri* will Niemand, also etc. — Aber die Sünde ist nicht nothwendiger Weise contemtus dei, *) sondern ein blosses Vergessen der Achtung gegen Gott. Die Sünde ist wesentlich Selbstsucht, Ichsucht; sonach immer auch ein Nichtsuchen Gottes, aber noch lange nicht ein Verachten. Es ist hier eine logische Verwechselung des Unterschieds und Widerspruchs, des contrarium und contradictorium. Auf die Frage, ob nicht aus der Sünde jedesmal ein solches contemnere deum hervorgehe, darf man sich hier gar nicht einlassen, es handelt sich hier nicht um die Consequenzen, sondern um den Inhalt des Begriffs. — Somit kann man dem Abaelard den Ausspruch peccatum non est voluntarium nur zugeben, sofern man ihn so verändert, „dass Niemand die Sünde als solche, sondern nur um ihrer Früchte Willen ausübt", was denn freilich anders hätte ausgedrückt werden müssen. Diess scheint ihm indess vorgeschwebt zu haben, nur hat er sich nicht einmal durch seine Erklärung von Sünde ganz gedeckt, weil er derselben noch andre Definitionen anfügt, auf welche sich jener Satz durchaus nicht anwenden lässt. — Das Richtige fühlt Abaelard und berührt es auch, wiewol nur concedirend: „Wenn wir nicht etwa voluntarium nennen ad exclusionem necessarii, cum videlicet nullum peccatum inevitabile sit." —

Ganz richtig dagegen ist in der Abaelardischen Erklärung, — die, wie er die Begriffe ordnet, hier durchaus ihre Berechtigung hat —, das Ausschliessen der eigentlichen Thatsünde von der Sünde „operationem peccati nihil addere ad reatum vel ad damnationem apud deum;" sofern er nämlich unter jener operatio oder peractio nichts weiter versteht, als die rein äusserliche That. Er argumentirt gegen jene Begriffe von Sünde, wonach sie mit dem Natürlichen und Erscheinenden als solchem zusammenfällt, und vermeidet so zwei Klippen, die katholische Ansicht einerseits, der die böse That als solche d. i. die Erscheinung, richtiger der Schein, als Sünde und verdammenswerth gilt — peccatum in consensu consistit —, andrerseits die augustinische Lehre von der Erbsünde, wonach die natürliche Befriedigung der leiblichen Triebe und Begierden nicht nur, sondern diese letzteren selbst schon etwas Sündliches haben; indem er vielmehr diese nur insofern dafür hält, als sie durch bestimmte Verhältnisse dazu gestempelt werden, wonach also nicht sie (d. h. die Begierden) selbst, sondern die Verletzung der letzteren (der Verhältnisse) das eigentlich Sündhafte sind; z. B. im Akte der Zeugung, in welchem er Begierde und Lust natürlich, von Gott geordnet, sündlos findet, dagegen die Verletzung der Ehe als Sünde anerkennt. Die betreffenden Schriftstellen von der Erbsünde etc. — Ps. 50, 6 und 1 Cor. 7, 7 — sucht er, wiewol nicht mit besonderm Glücke, (denn Schriftauslegung ist nun einmal Abaelards Sache nicht), zu seinem Vortheil zu erklären.

Das Resultat seiner Argumentation ist ausgesprochen (638 A) in den Worten: Nihil ad augmentum peccati pertinet qualiscunque operum executio et nihil animam, nisi quod ipsius est, coinquinat, hoc est consensus e. q. sqq. — Darauf geht er über zu dem Beweise, dass die That die Sünde selbst nicht vermehre, nur an ein zufällig Letztes — an den Gedanken, dass oft das „quae non fieri debent" geschehe ohne Sünde **) — anknüpfend, und ruft hierher Alles „quae per vim aut ignorantiam committantur;" auch hier auf jenen Grundsatz zurückkommend, dass es der consensus sei, der die Sünde hervorrufe, und die Sache durch Beispiele beweisend. Der

---

*) Am Wenigsten im Sinne Abaelard's, der von innern Sünden — des Stolzes etc. — eigentlich gar nicht redet, sondern nur von äussern, bei denen man auf Gott gar nicht reflectirt, was doch das contemnere voraussetzen würde.

**) Ohne jedoch zu zeigen, wie diese Abnormität doch immer ein Produkt der Sünde in genere ist.

eigentliche Gedankennexus wird hier durch den vorher berührten Begriff der peractio peccati bedingt. Alles würde hier freilich ungleich mehr bestimmt ausgeführt sein, wenn statt des vagen consensus etwa der Begriff des selbstbewussten Eingehens auf die Sünde gesetzt wäre. —

Hier kehrt nun Abaelard, indem er den Begriff der concupiscentia genauer bestimmt, zum Anfange zurück, zum Unterschied von peccatum und vitium, indem er folgenden Weg genommen hat. Das blosse vitium ist nicht das peccatum, mit diesem ist auch nicht einmal die äussere That zu vermischen, vielmehr ist diese ein rein natürlicher Akt, der nur durch sein Motiv, nicht durch seine äussere Erscheinung, auch nicht durch seine ursprüngliche Veranlassung (peractio und concupiscentia) hervorgerufen wird; er gesteht jedoch zu, dass sein Begriff von concupiscentia, wonach sie blos die natürliche Begierde nach Befriedigung eines natürlichen Bedürfnisses ist, nicht der biblische sei, welche vielmehr darunter den consensus concupiscentiae verstehe. Deuter. 5, 21. Matth. 5, 28.

Ein jedes wirkliche peccatum aber zieht nach Abaelard's Theorie den *reatus* nach sich. Es ist dies malum (Uebel) die Kehrseite von dem malum (Bösen). Einen reatus ohne wirkliche Sünde kennt er nicht, spricht es wenigstens nie aus, im Gegentheil ist seine Lehre von der Erbsünde folgende: (S. 637. AB.) Der Mensch hat, — quamdiu anima infantili aetate constituta est d. h. so lange er ohne Selbstbewustsein ist, — keine Sünde (*peccato caret*). So lehrt es Vernuft und Tradition. Eben so wenig hat er Schuld, weil keine Verachtung Gottes (d. i. Sünde), da er noch nicht ratione percipit u. s. w. Nichts desto weniger ist er nicht *immunis a sorde peccati* sc. priorum parentum, wofür er Strafe erleidet ohne eigne Schuld für die Schuld der ersten Eltern. Hiernach erklärt er die Stelle Psalm 50, 6, wo er jene iniquitates, oder jenes non mundum esse a sorde etc. nicht sowol (non tam — sehr ungenau) auf die parentes proximos, als vielmehr auf die priores bezieht. So steht Abaelard offenbar im Gegensatz mit den Reformatoren, welche einen reatus in dem pecc. orginale statuiren, während er hier wol ein Uebel, aber keine Sünde hat, ja der Begriff der Sünde in der Erbsünde ganz wegfällt. Die Ursache liegt wol darin, dass der Begriff der Sünde ihm ein bei Weitem engerer ist, als den Reformatoren, ihm der consensus etc., diesen — omnia, quae contra voluntatem dei sunt, bei ihm ganz subjectiv, bei diesen ganz objectiv. Auf der andern Seite liegt der Grund der Differenz in der Verschiedenheit der Ansicht von der concupiscentia. Abaelard, wie oben gesagt, versteht darunter nur die sinnliche Begierde, also jene pura naturalia der kathol. Kirche, während die Reformatoren darunter die sündliche Begierde sich denken, also die naturalia maculata, inquinata. Sonach ist orsichtlich, dass ihm eben jene obengenannten vitia, ferner das was er unter voluntas und concupiscentia versteht, nichts weiter sind, als der cathol. Begriff der Erbsünde, die natürlich aber diesen letzten Namen nur missbräuchlich statt Erbübel trägt.

Wir gehen zur Sache selbst zurück d. i. zum Beweise, dass die eigentliche Sünde nicht in der That, sondern im Consensus bestehe. Nachdem er hier voluntas mit consensus, ganz gegen die eigne Unterscheidung, zusammengestellt hat (638 D. ad voluntatem vel consensum operum e. q. sqq.), führt er Schriftstellen an (die Gebote), um zu zeigen, dass hier gegen den ursprünglichen Wortsinn von der blossen Thatsünde — du sollst nicht tödten etc. — durchaus der tiefere festgehalten werden müsse, weil sonst jene Gesetze selbst sinn - und zwecklos wären; wobei er auf den Hauptpunkt des Gesetzes hinweist (diliges ete. Roem. 13, 8. 10 plenitudo legis est dilectio) und darum jenes ne facias des Gesetzes in: ne consentias in hoc etc. faciendo übersetzt. Hierin vermischt er aber wohl zu sehr den alt - und neutestamentlichen Standpunkt, weil es der naiven Weise des a. T. zuwider scheint, die Worte so durch Reflexion zu pressen. Wäre das nothwendig, so beständen wol das 7. und 10. Gebot nicht neben einander, auch wol nicht das 6. und 9te. *)   Zudem ist es ein grober Fehler, selbst nothwendige Consequenzen von Vorstellungen und Begriffen Anderer diesen selbst als von ihnen gezogen unterzuschieben. Während er darauf durch Beispiele aus der neutestamentl. Geschichte (traditio Christi per deum, per ipsum Christum, per proditorem Iudam) seinen Satz, dass die executio operis das peccatum des consensus nicht vergrössere, beweisen will, indem er zeigt, dass zwei dasselbe thun können, der eine in seiner Pflicht u. s. w., der andre als Sünde, vergisst er doch durchaus den Standpunkt des Streits.   Denn nicht darum handelt es sich, zu beweisen, dass zwei äusserlich gleiche Handlungen verschiedene Motive haben und darum auch ganz ungleicher Beurtheilung fähig sein können; — sondern darum, ob eine Sünde des consensus durch die *executio operis* vergrössert werde.   Hier hinkt der Beweis, wenn auch Abaelard gegen die Grundsätze des Rechts nach denen der Moral an sich Recht hat.

Für consensus braucht Abaelard auch gleichbedeutend intentio (640. C.).   Diese Begriffsvertauschung, für welche Abaelard keinen Grund angiebt, ist von Bedeutung: denn gleich darauf behauptet er, dass wo die intentio gut ist, dadurch selbst die Handlung gut werde, ohne zu bedenken, dass er hier wieder den Zweck und die Mittel auseinander reisst, indem er diese nicht als jene selbst anerkennen will.   Er verfährt nämlich so: der consensus, nicht die äussere Handlung, ist das peccatum, denn es können zwei dieselbe äussere Handlung thun, und doch kann nur einer vielleicht ein peccatum dabei haben, je nachdem ihr Zweck ist (per diversitatem intentionis — hier der Sprung im Beweise) z. B. Gott und Judas.   So thut der Teufel auch nur, was Gott zulässt, er prüft den Guten, straft den Bösen u. s. w., handelt aber immer nequitia sua stimulante.   Umgekehrt (!!)**) geschieht Vieles recht (recte geri), was Gott verbietet (prohibet), und vice versa wird Vieles durchaus mit Recht unterlassen, was er doch — (quandoque praecipit) — befiehlt.   Als Beispiel für Beides führt er an die Leute, welche trotz Christi Verbot die Wunder desselben predigten, und die Opferung des Isaak, wo er die intentio praecepti Gottes in Schutz nimmt.

Diese Fehler in der Beweisführung hat Abaelard nur seiner Inconsequenz zu danken. Seine Methode schwankt zwischen zwei Extremen, dem Beweise ex ratione und dem ex auctoritate d. i. der Schrift.   Weiss er jene nicht mehr zu handhaben, so braucht er Beispiele — gewöhnlich aus der Schrift.   Diese verleiten ihn dann oft zu gewagten Trugschlüssen, wie hier.   Wäre er seinem Grundsatze, dem ex ratione Beweisen, treu geblieben und hätte er etwa nur zu dem bereits Erhärteten die Schrift als Zeugniss gebraucht; so wäre er hier nicht in die Enge gerathen, eine Erzählung des a. T., die durchaus das Gegräge des Mythischen an sich trägt, zur Stütze einer unwissenschaftlichen Behauptung zu brauchen.   Es ist doch wahrlich die gränzenloseste Willkühr, dergleichen zu behaupten, wie Abaelard von jenen Geheilten Christi: „Sciebant, non ob hoc eum praecipisse, ut teneretur, sed ut praedictum (i. e.

---

*) Abaelard führt hier beiläufig fragweise ein Beispiel an: numquid quis per ignorantiam ducat sororem suam transgressor praecepti est? — Er antwortet mit Non. Und am Ende mit Recht. Warum treibt uns aber ein gewisses natürliches Gefühl, einen solchen Menschen nach Entdeckung jenes Verhältnisses für höchst unglücklich und vom Gewissen gepeinigt zu halten? Sollte dies Elend blos unverschuldetes Unglück, also nur Uebel sein? Die Poesie sieht es durchaus anders an. Man denke an Oedipus, an Mignon und den alten Harfenspieler. Oder ist vielleicht hier die Poesie hypertragisch, dass sie Schuld mit Unglück verwechsele? — Die Vernunft (der Verstand) scheint ihr das Urtheil durchaus zu sprechen. Die Bibel weiss nichts von dergleichen Conflikten: denn die Abstammung der Moabiter und Ammoniter, auf welchen ein ähnlicher Fluch liegt, ist eine wissentlich blutschänderische. Alle diese Fragen berühren die Nachtseite des menschlichen Lebens und erwarten wol noch ihre Lösung.

**) Hier braucht Abaelard die Frageform „Quis denique nesciat,“ die gewöhnlich da eintritt, wo der Beweis auf schwachen Füssen steht. Das Rhetorische soll dem Gedanken nachhelfen, die Kühnheit der Sprache dem mangelnden Beweise.

humilitatis) exemplum praeponeretur. Das wäre ein Spielen mit Tugend und Wahrheit gewesen. So missbraucht er, beide Methoden, die jede einzeln ihre Berechtigung haben, aber in trüber Mischung ganz unwissenschaftlich sind, vermengend, — einmal Bibelstellen, um vorgefasste Sätze zu beweisen, — andrerseits aber entwickelt er aus Schriftstellen, die erst an der ratio anderer zu messen sind, Lehren von der höchsten Bedeutung, in beiden Fällen zum Nachtheil seines Werkes. Denn hier ist der eigentliche Ursprung alles Jesuitism zu suchen, wenn er sagt: Jene Leute (die von Christo Geheilten) sind zu entschuldigen, quia nihil egerunt per contemtum praecipientis, quod ad honorem ipsius facere decreverunt. Das ist der beliebte Grundsatz „omnia in majorem dei gloriam." —

So wäre denn der doppelte Schluss, der sich aus obigen Prämissen von selbst ergiebt, und den auch Abaelard direkt selbst zieht: die intentio iubentis entschuldigt diesen, wenn er Unrechtes — quod mimine convenit — befiehlt, umgekehrt die intentio charitatis den, cui fit praeceptio.

So wären denn die vier erklärten Hauptbegriffe:

1. *vitium animi,* (quod ad pecc. pronos efficit) d. i. **Erbsünde.**
2. *ipsum peccatum* — consensus mali, contemtus dei — **wirkliche Sünde** — proprie dictum.
3. *mali voluntas* — **böser Zweck.**
4. *mali operatio* — **Thatsünde.**

Das peccatum selbst nun läuft durch drei Phasen hindurch (*tribus modis peragitur*) *suggestio* (persuasio), *delectatio* (concupiscentia, und auch so erklärt 642 D), *consensus,* welcher die concupiscentia erst in peccatum verwandelt. Dies pecc. sollte nun durch poenitentia verbessert werden, das *opus* aber ist die consummatio — der Abschluss — des peccatum. Setzen wir diese Scala in den Begriff um, so wäre suggestio etwa die Bedingung der Sünde (z. B. die Natur — unsere Umgebung), die delectatio die subject. Begierde, an sich natürlich und unschuldig — actio media —, der consensus endlich der Wille, unter bestimmten Verhältnissen, die nach bestimmten Geboten zu beurtheilen sind, jene Begierde zu befriedigen. Jedoch fasst Abaelard jene suggestio specieller von einer persuasio, exhortatio alicuius nos exterius iuvitantis, wo er denn natürlich, wenn ein solcher fehlt, die suggestio fallen lässt und in der delectatio jene beiden Momente der äussern Bedingung und der subiect. Disposition findet. Er handelt darum noch ganz besonders *de suggestionibus daemonum.* An diese glaubt Abaelard und versteht unter ihnen in unserm speciellen Falle Wesen, welche erfahren (periti, δαίμονες) in allen Kräften und Eigenschaften der Naturkörper und bekannt mit der Wirkung und dem Einfluss derselben auf das menschliche Wesen, dies dazu **benutzen,** um die Menschen zu verführen: denn sie sind nicht creatores, sondern nur praeparatores naturae, z. B. die, denen die aegypt. Magier dienten.

Obgleich nun die Sünde, wenn sie auch äusserliche Existenz gewinnt, verübt wird, darum doch nicht verdammenswerther wird, so wird sie nichts desto weniger im letzteren Falle schwerer geahndet. Ganz richtig findet er den Grund in der Schwachheit der menschlichen Natur, in dem Gegensatz zwischen Innerm und Aeussern —, Recht und Moralität —, es geschehe natürlich nur beim weltlichen Gericht, (denn der Episcopus ist hier auch nur als menschliche Person zu betrachten), um die Leute vorsichtig zu machen, zum Theil auch, weil wir Menschen nur nach dem Offenbaren, de manifestis, non de occultis, urtheilen können. Gott allein ist probator cordis et renum d. h. aller intentionum (Vorsätze — Entschlüsse — Zwecke), die aus Schwäche oder Erregung (affectio) der Seele und aus der delectatio des Fleisches kommen. Er kann daher auch allein gerecht strafen, weil er ins Innere sieht, denn alle Sünden (d. i. peccata), sagt Abaelard ganz richtig, sind S ü n d e n d e r S e e l e (animae), nicht des Fleisches (Grund: Weil nur da Schuld und Verachtung Gottes sein kann, wo Gotteskenntniss und Vernunft ist.) Der Unterschied zwischen *pecc. carnalibus* u n d *spiritualibus* besteht nur darin, dass jene aus der Schwäche des Fleisches, diese aus den vitiis der Seele kommen. Das princip. dividendi ist hier nur gewissermaassen der Sitz, das Organ, nicht das Princip. In dem Sinne sei es auch zu verstehen, wenn Paulus Gal. 5, 7 von einer concupiscentia carnis adversus spiritum redet, da doch die concupisc. solius *animae* ist, wenn auch die delectatio des Menschen in carne liege. Nach diesen beiden Seiten hin sei eben Gott ein inspector *cordis* et *renum*, d. h. beider Arten von Sünden. — Der Mensch aber urtheilt nur nach der äussern Handlung, nicht nach dem Motiv, straft auch mehr, um öffentlichem Schaden, bösem Beispiel zuvorzukommen, als um die Fehler des Nächsten zu bessern (Einseitiges Rechtsprinzip). Beispiel: Ein im Tempel ergriffener Ehebrecher. Auch leite uns, und müsse uns leiten nicht sowohl die aequitas, als die prudentia, um die Leute vorsichtiger (providentia) zu machen. Culpa und poena stehen sich bei uns nicht gleich, nur bei Gott, der nach der bonitas intentionis richtet. Die bonitas operis ist nicht eigentlich dem opus als solchem, sondern der intentio eigen, es ist nur eine bonitas. *)

---

*) Die Beweissführung hier ist logisch falsch, obgleich die Sache richtig. Bei einer Handlung — sagt Abaelard — ist die bonitas intentionis und operis nur eine, sowie in „bonus homo" und „filius boni hominis" nur eine bonitas ist. Das Beispiel ist nicht schlagend, sonst müsste es so sein — bonus homo und bonus filius hominis, weil sonst die Eigenschaft nicht, wie dort der actio und der intentio, zweien, sondern nur einem Individuum zugeschrieben wird. In jenem Falle sind zwei Subjecte mit zwei Prädikaten, hier zwei mit einem Prädikate. Es hätte hier nothwendig gezeigt werden müssen, dass auf eine Handlung (opus) der Begriff des bonum nicht, oder nur in gewissem Sinne passt. Dieser Beweiss wird im Folgenden angestrebt, indem Abaelard opus bonum durch intentionis bonae affectus erklärt. Dies hätte im Vorhergehenden geschehen sollen, so wäre die ganze Beweissführung nicht nöthig gewesen, da man dann gleich gesehen hätte, dass das Praedicat nicht sowol dem opus als vielmehr der intentio allein zukommt, was er selbst in cap. X. ausspricht (opus ex bona intentione procedens, daraus abbrevirt opus bonum). Logischen Beweisen sind immer Beispiele schädlich, schon weil der falsche Sprachgebrauch leicht auf Abwege führt. Hiezu kommt noch, dass in der Sache selbst etwas Schiefes liegt, wenn der Begriff der intentio nicht genau definirt ist, wie hier nicht geschehen. Allerdings hat das opus bonum mehr meritum, um ganz materiell und in Abaelard's Sprache zu reden, als die intentio, indem hier bereits Schwierigkeiten der Ausführung, Mittel u. s. w. überwunden sind, also eigentlich mehrere intentiones bonae (die einzelnen Mittel der Ausführung) vorliegen. Es sei denn, dass man intentio so fasst, dass es der Entschluss ist, welcher j e d e n f a l l s in die That übergegangen sein würde, im Fall u. s. w. Sonst sind gute Entschlüsse und Vorsätze gerade nichts Seltenes. Die Moral verlangt — und mit Recht — ihre Vollführung. Angedeutet ist allerdings dieser Gesichtspunkt, nur nicht in den Begriff übergesetzt und durchgeführt. Cf. 648, B. —

Sein zweiter Beleg für die Wahrheit seiner obigen Behauptung ist die gute Person Christi in seinen beiden (der göttl. und menschl.) Naturen. Auch dies Beispiel passt nicht recht, da ja hier beiden die Eigenschaft bonus zukommt, in dem zu beweisenden Satze aber eigentlich nur dem einen Moment, der intentio: denn wenn Abaelard die Sache so wendet, dass die menschliche Natur in Christo auch erst von Gott die bonitas empfange, wie hier die actio von der intentio, so vergisst er dabei die Verschiedenheit beider Verhältnisse. Die actio erhält nicht eigentlich die Eigenschaft bonus, wie die Person, sondern nur das Prädikat, wird genannt, sofern u. s. w., während die menschliche Natur Christi wirklich gut wird und ist. — Es kann eine und dieselbe Handlung, die an sich jedesmal eine media ist, beide Prädikate durch die intentio bekommen, sie bleibt dieselbe z. B. Allmosen geben, Jemanden tödten u. s. w. Begriff: die bonitas ist nichts Numerisches, dem Wechsel von Zahl und Maass Unterworfenes, kein Begriff, auf den die Kategorie der Quantität, das Mehr oder Weniger, passt, kein relativer Begriff, sondern ein absoluter. Die Sache hat ähnliche Bewandniss, wie mit der Trinität, wo auch die Personen nicht gezählt werden. — Man kann daher streng genommen nicht sagen b e s s e r, sondern hier ist jede Comparation nur eine Verkleinerung, ich meine — melius und optimum nur gleich minus oder minime malum. Das B e i s p i e l macht hier den Beweiss schwach, weil es in praxi zwar eine (scheinbare) Anzahl von bonitates giebt, während doch dem Begriffe nach nur eine existirt d. i. dieser Begriff selbst. Abaelard zwingt stets nicht sowol durch den Beweiss, als durch die Absurdität einer Anwendung der Ansicht, welche er bekämpft, auf einen bestimmten Fall zum Zugeben. Es ist dies nur ein Beweiss per inductionem; und wir haben auch nur deswegen diese grössere Anmerkung hier eingeschoben, um zu zeigen, dass Abaelard nicht der dialektische, scharfe Denker ist, wofür man ihn gewöhnlich hält. Weit mehr tritt dies in andern Werken Abaelard's, besonders in der theolog. Christiana hervor.

Den Gedanken, dass die actio nur durch die intentio gut werde, erhärtet er durch ein Beispiel von der Wahrheit, wo er an einem synthet. Urtheile aus der Empirie hergenommen zeigt, wie es bald wahr, bald falsch (d. h. weder das Eine, noch das Andre) sei. *)

Der Begriff der intentio bona ist aber nichts destoweniger nach Abaelard nicht ein rein subiectiver, denn nicht jeder Zweck ist gut, der uns so scheint, sondern nur der es wirklich ist. Als Beispiel dienen die Verfolger des Christenthums Joh. 16, 2 u. s. w. Jedoch fügt Abaelard hinzu, dass mit einer solchen *intentio non bona* noch keinesweges peccatum (contemtus dei) verbunden sei, sondern dass dies erst durch die *conscientia* bestimmt werde. Wir können die Böse‑Handelnden erst dann des peccatum zeihen, wenn sie Erkenntniss des Guten haben (zum pecc. gehört Selbstbewusstsein), oder wenn ihre Unkenntniss eine verschuldete ist. Nichts desto weniger kann der Begriff des bonum nur den wahrhaft guten d. h. Gott wolgefälligen Zwecken vindicirt werden. — Nur zeigt sich auch hier jener oben gerügte Fehler der Vermischung einzelner Begriffe. Sonst war bonus nicht immer in diesem streng absoluten Sinne genommen, wie hier. — Jedoch bedurfte hier noch der Begriff des peccatum eine besondere Erläuterung, damit der verschiedene Sprachgebrauch hier nicht Irrungen erzeugte. Auf diese Cautel kommt Abaelard durch seinen Satz, dass z. B. Verfolger des Christenthums, Christi Todfeinde u. s. w. kein peccatum haben, was leicht missverstanden werden könnte. Demnach soll (so Abaelard) *peccatum* sein:

1. das eigentliche *peccatum, consensus in malum*; contemtus dei; davon sind frei die parvuli, die von Natur stulti etc., welche nur durch die Sacramente von ihrer culpa befreit, so gerettet werden. (פשע)

2. *peccatum* gleich *hostia peccati* 2 Cor. 5, 21. (חטאת). An dieser sonderbaren Bedeutung ist aber wol nicht die Schrift, sondern die oberflächliche Schriftauslegung Abaelard's Schuld.

3. *peccatum* gleich *poena peccati*. z. B. Jemandem seine Sünden schenken; Christus habe unsere Sünden getragen; wir hätten alle in Adam gesündiget, die Kinder hätten die Erbsünde. — Auch hier lehrt offenbar ein tieferes Eingehn auf den Sinn der Schrift und Kirche, dass die eigentliche Sünde zu verstehen sei. Man schwächt mit jeder andern Erklärung die Tiefe der Schrift ab. Uebrigens redet hier Abaelard nur aus seiner Zeit heraus; muss somit auch nach ihr, nicht nach unserm Maasstabe gemessen werden.

4. *peccatum* bezeichnet die Thatsünde. z. B. opera peccati — quidquid non recte scimus aut volumus. Auch hier hätte Abaelard bei seinem (ad. 1) Begriff von Sünde stehn bleiben müssen: denn sein Beispiel — peccatum facere gleich peccati effectum implere — hinkt, sofern hier erst in dem Beisatz facere der Begriff des Thuns (opus) hinzu kommt, der auch selbst in dieser Redensart noch nicht im Worte peccatum selbst liegt.

Er geht dann wieder zum Beweis von No. 3 zurück und führt dafür den Ausspruch Christi an „pater dimitte illis," wo jene dimissio auf die Strafe, nicht auf das peccatum proprium zu beziehen sei, wo es denn zu Tage liegt, dass er den Begriff der Sünde zu enge fasst. Es bedarf daher einer langen Rechtfertigung jener Bitte Christi. So nämlich: die Mörder Christi

---

*) Wie sich eigentlich auf dergleichen empirisch‑synthetische Urtheile der wissenschaftliche Begriff der Wahrheit gar nicht anwenden lässt, so auch der der bonitas im strengen Sinne nicht auf die actio. Dies hat Abaelard wohl gefühlt, wenn er cap. X. vom aliter sumere (Verstehen) der Ausdrücke spricht und cap. XI. von dem mutari (d. h. unwahr sein) der Subjecte jener Urtheile.

hatten kein peccatum, nun straft Gott aber häufig auch ohne vorhergegangene Sünde *), diess hätte er auch mit jenen Leuten thun können (!! non irrationabiliter incurrere possint poenam temporalem, quamvis excusat a culpa eos etc. — non absurdum est, nonnullos *poenas corporales* sustinere, quas non meruerunt **); darum bittet Christus für sie „dimitte e. q. sqq. scil. poenam." Und doch war jener Mörder Thun eine wirkliche Sünde, weil ihr Nichtwissen ein verschuldetes. Dies verkennt Abaelard und läugnet es, auch bei der *infidelitas*, von der er doch behauptet, dass sie die Verdammung nach sich ziehe (Joh. 3, 18. 1 Cor. 14, 38.); Wenn daher beides (Unwissenheit — Unglaube) in der Schrift sowohl als im Leben peccare, genannt werde, so sei dies uneigentlich zu verstehen von jenem (sub No. 4 erwähnten) vitiose agere oder inconvenienter dicere, von dem, quidquid non recte scimus aut volumus. Im letzten Sinne wäre es ungefähr gleichbedeutend mit Irrthum, worauf auch Abaelard's Beispiel vom Philosophen führte. Jedoch denkt sich wol Abaelard das Verhältniss zwischen diesem Letzteren, der unverschuldeten ignorantia, infidelitas etc. und der damnatio, welche er dabei statuirt, ziemlich unklar, wenn er sagt „quamvis huius caecitatis (sc. quae ad damnationem sufficit) causa minus nobis appareat."

Schlüsslich kommt er noch einmal auf seine Erklärung von Sünde, mit der nothwendig die Schuld verbunden sei, (im Unterschied von caecum peccatum, welches ein blosses Thun, Denken u. s. w. dessen ist, quod nos facere minime convenit,) während die umgekehrte Handlungsweise (z. B. wenn die Kriegsknechte Christum nicht gekreuzigt hätten) eine grössere culpa nach sich ziehe (si contra conscientiam parcerent eis etc. Christo et suis.) —

Es fragt sich nun ganz natürlich: *utrum omne peccatum sit interdictum*. Natürlich antwortet er, falls man peccatum im weitern Sinne fasst, mit Nein; verändert jedoch sogleich den Fragepunkt, indem er dafür die Frage, „ob jegliche Sünde vermieden werden könne," einschiebt, was er nur von dem pecc. proprie ita dictum zugiebt. — Ohne nun für das Folgende festzustellen, welchen Begriff des pecc. er zu Grunde lege (wol den seinigen), scheidet er nach dem Princip der Schuld oder Strafe zwischen:

1. *Venalibus* (levibus) d. h. solchen, bei welchen man ohne recordatio eins, quod convenit, z. B. im Schlaf u. s. w. zustimmt, d. h. ohne recht klares Selbstbewusstsein, (hiefür reiche geringe Busse hin); und

2. *damnabilibus* (gravibus) mit selbstbewusstem consensus. Diese selbst scheiden sich wieder nach dem Princip der äussern Beurtheilung in:

    a. *criminalia*, die uns infam machen, Mord, Meineid, Ehebruch u. s. w. und:

    b. *minime criminalia*, die manche Menschen sogar für löblich halten z. B. Putzsucht, Völlerei u. s. w. (Vage, nichtige Eintheilung).

Hiebei frage es sich nun zunächst, ob es besser sei, sich der leichteren oder schwereren Sünden (1 oder 2) zu enthalten. — Wenn wir nun auch jene obige Haupteintheilung der Sünden gern zugeben, so werden wir doch jene Frage völlig müssig finden, zumal wenn wir die Antwort des Abaelard hören. Er meint, man müsse zuerst und mehr sich vor den damnabb. hüten, weil durch sie Gott am meisten verletzt werde, nennt auch diejenigen Philosophen, — gewiss ohne den Sinn des Satzes zu verstehen, — manifeste stultos, welche behaupten, alle Sünde sei gleich; und kommt somit, — was man von ihm am wenigsten erwar-

---

*) Als wenn das dann eine Strafe (d. h. ein Correlat zu Schuld und Sünde), und nicht vielmehr ein blosses Uebel wäre!

**) Das wäre eine offenbare Ungerechtigkeit! —

ten sollte —, auf ein mechanisches Abwägen der einzelnen Sünden gegen einander (der Völlerei, des Ehebruchs u. s. w.), wobei er als Maassstab die mosaische Gesetzgebung (lex divina, wie er sie nennt,) annimmt; während doch ein genaueres Erkennen des göttlichen Gesetzes und ein stetes sich Vorhalten desselben alle Sünden allmählich zu damnabilibus machen würde. Man thue das Eine und lasse das Andre nicht: denn ein einmaliges Begehen eines pecc. grave ist nicht schlimmer, als ein fortwährendes Ignoriren der peccata levia.

Die Sünde nun als plaga animi betrachtet führt nothwendig auf den Begriff der *curatio*. Darum handelt Abaelard in einem neuen Theile seines Buches von der *reconciliatio peccatorum*. Er findet sie in drei Stücken, in der *poenitentia, confessio* und *satisfactio*. *Poenitentia* ist nach Abaelard der Schmerz des Geistes über das, worin er gefehlt hat. Sie kann doppelter Art sein, fruchtbar — über die Sünde als solche, ganz fruchtlos — über den Schaden als Folge der Sünde (Reue der Verdammten. — Weltliche Traurigkeit.) *)

Die poenitentia fructuosa geht ihm natürlich nicht aus Furcht hervor, sondern aus Liebe gegen den gütigen Gott, den wir beleidigt haben. Seine Geduld mit uns führt uns zur Busse, weil wir in jener seine Liebe erkennen. Natürlich schwindet sogleich mit dieser Liebesbusse die Sünde: denn sowie wir Gott lieben, können wir nicht zugleich ihn verachten d. h. sündigen. Auch ist uns s o g l e i c h mit der Busse die ewige Verdammniss (poena damnatoria) erlassen, selbst dann, wenn zu jener — etwa aus Mangel an Zeit z. B. auf dem Sterbebette — nicht die confessio und satisfactio hinzukommen könnte. Jedoch kann, falls die satisfactio fehlt, (deren Begriff Abaelard sehr materiell und durchaus juristisch fasst) —, nicht jegliche Strafe erlassen werden; nur die *damnatoria* nicht die *purgatoria*. Diese erfolgt (— so die dogmatische Ansicht Abaelard's —) gleich nach der Auferstehung, welche in momento, in ictu oculi 1 Cor. 15 fin. vor sich geht, und dauert bis zu der nicht näher bestimmbaren suprema iudicii dies.

Die obige Ansicht von der poenitentia fructuosa als einem Produkt der Liebe zu Gott, nicht der blossen Furcht vor Strafe wegen einzelner Sünden, muss natürlich zu dem Dogma führen, dass die Busse alle Sünden zugleich oder die Sünde überhaupt betreffen müsse, nicht einzelne Sünden. Denn bliebe eine zurück, so würde damit der Zweck der Busse, Befreiung von der ewigen Verdammniss, nicht erreicht, weil jede Sünde als contemtus dei jene verdient. Sie muss überdem erneuert werden, so oft ein Rückfall in die Sünde d. h. in die Gefahr, verdammt zu werden, statt findet. Die Busse selbst jedoch ist nicht als Werk des Menschen zu betrachten, sondern sie ist eine Frucht einer besondern inspiratio Gottes, der schon von Anbeginn der Welt — nach seiner providentia und praedestinatio — beschlossen, jeden einzelnen (quemlibet) durch Inspiration des Busssenfzens (gemitus poenitentiae) der Vergebung der Sünde werth d. h. von der Verdammniss frei zu machen, wenn er in seinem Vorsatze (sc. den er bei der Busse fasst) beharrt. — Der ganze Passus ist übrigens ziemlich unklar, und man weiss nicht, ob und inwiefern Abaelard eine praedestinatio, die mit seiner sonstigen Lehre nicht kon-

---

*) Mit einer wahrhaft erhebenden Gewalt, mit oratorischem Feuer redet hier Abaelard gegen die letztere und weist auf die Nothwendigkeit der erstern hin. Der ganze Passus, welcher mehrere Seiten einnimmt, eignet sich mehr für eine Predigt, als für einen wissenschaftlichen Aufsatz. Es wäre daher vielleicht nicht unpassend, ihn einmal besonders herauszuheben als Probe Abaelardischer Redekunst, von der uns überdem sonst Nichts aufbehalten ist. Trotz mancher Schiefheiten und insbesondere falscher Bibelauslegung ist dieser ganze Abschnitt sehr schön und ergreifend, eine wahre Oase in der sonst dürren Darstellungsweise des Buches. Abaelard zeigt sich hier freilich noch befangen in irrthümlichen Vorstellungen von der satisfactio der Sünden, aber auch sehr frei im Urtheil über die Gebrechen der Geistlichkeit seiner Zeit. — Eine ähnliche scharfe Rüge der Geistlichen, welche den Gläubigen die Gewissen weit und die Geldsäcke leer machen, findet sich weiter unten gegen das Ende unseres Buches.

kordiren würde, gelehrt habe. Sie scheint jedoch aus der rein deistischen Ansicht Abaelards von der providentia consequentur Weise zu folgen. (Nihil quippe recenter apud se deus statuit vel disponit, sed ab aeterno, quaecunque facturus est, in eius praedestinatione consistunt et in eius providentia praefixa sunt, tam de condonatione cuiuscunque peccati, quam de ceteris, quae fiunt. S. 670. 671). — In jedem Augenblick also, wo der Mensch wahrhaft büsse, sei er der Seligkeit würdig (dignus vita aeterna — mereri —); falle er zurück, so werde er wieder damnatione dignus. Nun könnte man einwenden: Warum nimmt Gott den Büssenden nicht gleich, wenn er der Seligkeit würdig ist, von der Erde, sondern lässt ihn so vielleicht wiederum verdammenswerth werden? Ist das nicht ungerecht? Antwort: Ebensowenig, als wenn er einen Sünder in dem Augenblick, da er verdammenswerth ist, nicht gleich sterben, sondern ihm Raum zur Busse lässt. Nur wer bis zum Ende ausharret, wird gekrönet. — Wie aber, wendet er er sich selbst ein, wenn alle Sünder durch Reue Vergebung erhalten, — streitet dagegen nicht die h. Schrift, welche von einem peccatum irremissibile contra spiritum sanctum redet? Er behandelt als Antwort darauf den locus Mth. 12 exegetisch, und erklärt zunächst die Sünde wider den Menschensohn — durchaus seiner Definition von Sünde gemäss und seiner Theorie zu gefallen — von dem Leugnen der Gottheit Christi. Diese müsse Verzeihung erhalten, sie sei eigentlich keine Sünde, denn sie entstehe aus Ignoranz, da sich den Glauben — und hierdurch allein, nicht durch menschliches Nachdenken, könne Christus als Gottessohn erkannt werden — Niemand selbst geben könne, dieser vielmehr von Gott verliehen werde. Dagegen sei die Sünde wider den heil. Geist eine Verdächtigung der offenbaren Gnadenwerke Gottes, eine Behauptung, dass das, was man als Gottes Geist erkannt (credebant), der Beelzebub selber sei. Dies sei ein völliger Abfall von Gottes Gnade und ein Scheiden aus seinem Reiche, so dass jene Sünder nicht sowol nicht durch Reue die Gnade Gottes erlangen, vielmehr überhaupt gar nicht Reue fühlen könnten. Freilich bleibt auch hier Abaelard, wie überall bei tieferem, wissenschaftlichem Eingehn auf die Sache, die psychologische Begründung schuldig. — Darauf kehrt Abaelard zu der poenitentia zurück und beantwortet die Frage, ob wir auch in jene Welt die Reue mitnehmen, dahin, dass die Erinnerung, und das Missfallen an unsere Sünden auch dort bleiben müssen, ohne sich jedoch auf die Frage, ob wir dann unsre Thaten würden ungeschehen machen wollen, weiter einzulassen. Vielmehr verweis't er hier auf ein anderes Werk, obwohl er andeutungsweise diese Frage nach Roem. 8, 28 zu verneinen scheint.

Es folgt die Lehre *de Confessione*. Unter dieser versteht er das Bekennen der Sünde vor andern Menschen. Das Bekenntniss vor Gott, — lehrt Abaelard, den Begriff desselben ganz verkennend, — sei weniger wichtig, da er selbst Alles wohl wisse; das vor Menschen bedeutend, einmal, weil sie uns dann können beten helfen, sodann weil damit uns grosse Demüthigung auferlegt, und so ein Theil der satisfactio bereits geleistet werde, endlich, weil nur in diesem Fall der Priester als geistlicher Arzt, dem dies Geschäft obliegt, uns die nöthige satisfactio auferlegen könne. Ein Verschweigen der Sünde sei nur Teufelswerk. Nur in seltenen Fällen sei ein Verschweigen der Sünde erlaubt. Diese werden nicht einzeln angeführt, nur das Beispiel von Petri Verleugnung kann uns hier den Weg zu Abaelard's Meinung zeigen. Petrus hat mit Recht nicht gebeichtet, er hätte sonst seinem Ansehen geschadet, somit auch der guten Sache, deren Vertreter er war; er that es nicht aus Stolz, sondern aus Klugheit. Auch hier zeigt sich ein Anflug von jenem Jesuitischen Satz: der Zweck heiligt die Mittel und omnia in maiorem etc. — Darauf kommen einzelne Anweisungen über die Beichte für Geistliche und Laien. Jene können unter Umständen bei diesen, und zwar mit Vortheil, weil dies von Demuth zeigt, beichten; diese, wenn sie thörichtes Ausschwatzen u. s. w. von ihrem Priester, dem natürlich immer zunächst Aufmerksamkeit gebührt, zu befahren haben, können gleichfalls andre Priester wählen, weil ihr Seelenheil sonst darunter leiden würde. Sobald z. B. die Priester ihnen aus Geldsucht u. s. w., von der selbst Bischöfe nicht freizusprechen sind, geringere satisfactio auflegen, als die Sünde verdient; so müssen sie diese, falls sie nicht selbst aus freiem Antrieb dieselbe leisten, im ignis purgatorius, freilich nicht im damnatorius, welches nur auf Unbussfertigkeit gesetzt ist, und zwar in weit höherem Grade nachholen. Denn die Priester haben — so Abaelard — nicht die Erlaubniss, die satisfactio zu ermässigen, sonst thäten sie am Besten (cf. Luther 95 Thesen), dieselbe ganz zu erlassen, weil nur so Joh. 20, 23 zu seinem Rechte kommt. Jene Meinung ist nur Frucht ihres Geldgeizes. Die satisfactio der Sünde aber besteht im Fasten, Kasteien, Beten, Wachen, Almosen Geben u. s. w., in Allem, was die Schrift Frucht der Busse nennt (!!).

Dieser ganze Abschnitt ist in vieler Hinsicht merkwürdig, einmal, weil er zeigt, wie selbst ein heller Geist, wie Abaelard, der so frei und, man möchte sagen, ideal, zu ideal von der Sünde und ihrem Wesen dachte, doch zu so krass materialistischen Krämerbegriffen von der satisfactio kommen konnte, die alles nach der Elle abmessen möchten, allein von dem todten Geist oder Nicht-Geist seiner Zeit geleitet; sodann weil uns hier ein Blick in das betrügerische Treiben der Geistlichkeit seiner Zeit verstattet wird, die schon damals die traurige Ablasstheorie predigte, und wie auch damals schon einzelne Geister dies heuchlerische Wesen missbilligten und das, was Product des Eigennutzes war, durch Hinweisung auf die Pflicht der Bruderliebe zu entlarven suchten. Mir ist kein locus aus den Abaelard'schen Schriften bekannt, in dem er zugleich soviel Superstition mit soviel Klarheit und Kühnheit im Urtheil verbindet. Er ist meist scholastisch trocken, kalt verständig, nur wo er den vermeintlich wissenschaftlichen Weg verlässt, um mit dem Schwerte des Geistes in praktische Irrthümer seiner Zeit zu schlagen, wird er lebendig, interessant und schaut divinatorisch mehr, als mit Selbstbewusstsein in die Wahrheit hinein, die sich ihm sonst so leicht bald hinter der Kirchenlehre, bald hinter aristotelisch-platonischen Formeln versteckt.

An die Warnung, sich die *satisfactio* durch den Priester nicht so leicht machen zu lassen, weil dies nichts helfe, knüpft er die Behauptung, dass ja diese überhaupt nicht die Gewalt hätten, Sünden zu vergeben, denn Joh. 20, 23 sei nicht zu allen Priestern, sondern nur zu den Aposteln, und von ihnen gesagt*). Dass von den Aposteln jene Worte gelten sollen, schliesst Abaelard daraus, dass nicht allen Nachfolgern derselben die gleiche Heiligkeit und Verschwiegenheit gegeben sei, wie jenen, also auch nicht die gleiche Macht. Die Beweise stehen hier —, wiewol Abaelard zum Theil im Rechte ist, — auf schwachen Füssen. An eigentlich exegetische Begründung ist natürlich gar nicht zu denken. Jedoch fällt Abaelard hier, indem er die katholische Ansicht von des Priesters Macht und Bedeutung als zu superstitiös vermeidet, in den entgegengesetzten Fehler, nämlich den, nicht abstrakt genug zu denken; d. i. nicht die Würde des Geistlichen von seiner Person zu trennen. Der Katholik setzt den Priester an die Stelle Gottes, während die rechte Ansicht von der Sache, die protestantische, ihn nur einen Stellvertreter Gottes sein lässt; der kathol. Geistliche vergiebt die Sünden, der pro-

---

*) Bis hierher hat sich der Herausgeber, oder Abschreiber unsres Buches alle Häresien und gewagten Behauptungen, falschen Schriftauslegungen gefallen lassen, aber dies berührt zu genau das Leben der ganzen Kirche; darum fügt er, was er sonst nie gethan, an dem Rande die Worte bei „Error Abaelardi.“

testantische zeigt die Sündenvergebung nur den Gläubigen an. Abaelard hingegen raubt ihm selbst in lezterer Beziehung alle Bedeutung, falls er nämlich selbst schlecht ist, und muss so die Gewissen der Christen ängstigen, welche natürlich nun nicht mehr sicher bestimmen können, ob und in wie weit ihre Busse eine fruchtbare gewesen, weil — nach Abaelard's eigenem Urtheil — die satisfactio vom Priester zu gering u. s. w. angeschlagen, im ignis purgatorius nachgeholt werden muss. Jedoch zeigt auch dieser Theil des Buches, mit dem die ganze Entwickelung schliesst, wenn auch von nüchtern verständigem, so doch von gesundem Denken. Er häuft hier gerade, um recht sicher zu gehen, eine Masse Autoritäten und Belege, welche alle, — sammt dem, was er selbst beibringt, — erhärten, wie die Natur der Sache selbst und die kathol. Kirche früherer Jahrhunderte den Begriff der Nachfolge Petri ganz anders aufzufassen lehre, als solches die spätern Jahrhunderte gethan haben. — Die ganze Berechtigung der Priesterschaft bestände sonach in dem vorläufigen Urtheil über den Zustand des Sünders — sc. nach der confessio — und in der Erlaubniss, den Büssenden gewisse fructus poenitentiae als satisfactio auflegen zu dürfen; ihre Sünden aber lösen oder binden wollen, heisse Gottvergessenheit und Anmassung; gehn diese jedoch sogar so weit, dass der Bischof mit Unrecht aus der Kirchengemeinde stosse, so sei, — und hiermit schliesst das Buch —, nach dem Urtheil des African. Concil. CCX. diesem selbst von seinen Collegen die communio aufzukündigen.